A. S. Puschkin

Märchen

А. С. Пушкин

Сказки

CLASSIC PAGES

A. S. Puschkin/А. С. Пушкин

Märchen/Сказки

zweisprachige Ausgabe/двуязычное издание

Reihe: classic pages

Auflage 2010 | ISBN: 978-3-86741-581-1

© Europäischer Hochschulverlag GmbH & Co KG

Umschlag: Ausschnitt aus dem Gemälde „Insel Bujan"
von I. A. Bilibin/Обложка: „Остров Буян"
И. А. Билибина.

www.classic-pages.de

Märchen

Сказки

Inhalt:

Märchen vom Fischer und dem Fischlein......4

Märchen vom Zaren Saltan, von seinem Sohn, dem berühmten, mächtigen Recken Fürst Gwidon Saltanowitsch, und von der wunderschönen Schwanenprinzessin. 18

Содержание:

Сказка о рыбаке и рыбке 5

Сказка о царе Салтане, о сыне его славном и могучем богатыре князе Гвидоне Салтановиче и о прекрасной царевне Лебеди......................................19

Märchen vom Fischer und dem Fischlein

Lebte einst mit der Alten ein Alter
am Ufer des blauen Meeres;
eine Erdhütte war ihre Wohnung,
drin sie dreiunddreißig Jahre hausten.
Mit dem Sacknetz fing Fisch der Alte,
die Alte saß spinnend am Spinnrad.
Einstmals warf er sein Sacknetz ins Meer
aus –
doch nur Schlamm zog das Netz ans Ufer;
wieder warf er das Sacknetz ins Meer aus –
doch nur Seegras brachte das Sacknetz;
und zum dritten Mal warf er das Netz aus –
sieh, da brachte das Netz ihm ein Fischlein,
ein gar seltenes Fischlein, ein goldnes.
Da flehte das goldene Fischlein
und sprach mit menschlicher Stimme:
»Lass mich, Alter, zurück in die Meeresflut,
will dafür dir ein Lösegeld zahlen:
Wie du's selber bestimmst, will ich's zahlen.«
Staunen fasste den Alten und Schrecken:
Dreiunddreißig Jahr lang fing er Fische
und hörte doch nie einen sprechen.
Er ließ frei das goldene Fischlein,
sprach zu ihm die freundlichen Worte:
»Gott sei mit dir, du goldenes Fischlein!
Deines Lösegelds nimmer bedarf ich;
tauch zurück in die blauende Meerflut
und ergehe dich lustig im Freien!«
Heim zur Alten ging wieder der Alte
und erzählte vom Wunder, dem großen:

Сказка о рыбаке и рыбке

Жил старик со своею старухой
У самого синего моря;
Они жили в ветхой землянке
Ровно тридцать лет и три года.
Старик ловил неводом рыбу,
Старуха пряла свою пряжу.
Раз он в море закинул невод, -
Пришёл невод с одною тиной.
Он в другой раз закинул невод, -
Пришёл невод с травой морскою.
В третий раз закинул он невод, -
Пришёл невод с одною рыбкой.
С непростою рыбкой, - золотою.
Как взмолится золотая рыбка!
Голосом молвит человечьим:

"Отпусти ты, старче, меня в море,
Дорогой за себя дам откуп:
Откуплюсь чем только пожелаешь".
Удивился старик, испугался:
Он рыбачил тридцать лет и три года
И не слыхивал, чтоб рыба говорила.
Отпустил он рыбку золотую
И сказал ей ласковое слово:
"Бог с тобою, золотая рыбка!
Твоего мне откупа не надо;
Ступай себе в синее море,
Гуляй там себе на просторе".

Воротился старик ко старухе,
Рассказал ей великое чудо.

»Heute hatt ich ein Fischlein gefangen,
ein gar seltenes Fischlein, ein goldenes;
so wie wir sprach das goldene Fischlein,
bat, nach Hause, ins Meer es zu lassen,
wollte mir ein Lösegeld zahlen,
wie ich selber es sollte bestimmen,
ich mochte kein Lösegeld nehmen,
ließ umsonst in die Meerflut das Fischlein.«
Doch da schalt die Alte den Alten:
»Ach, du Erznarr, du alberner Tölpel!
Warum hast du kein Lösegeld genommen?
Einen Trog hättest du sollen verlangen,
da der unsere längst schon geborsten!«

An das blauende Meer ging der Alte –
sieh, da kräuselte leicht sich die Fläche.
Er rief laut nach dem goldenen Fischlein,
und es kam das Fischlein und fragte:
»Sprich, Alter, was willst du haben?«
Und der Alte verneigt sich und bittet:
»Hab Erbarmen, allmächtiges Fischlein!
Meine Alte, die schilt mich und zankt mich,
lässt mich Alten daheim nicht in Ruhe:
Sie begehrt einen Trog, einen neuen,
da der unsere längst schon geborsten.«
Antwort bietet das goldene Fischlein:
»Sei getrost, geh mit Gott deines Weges!
Einen neuen Trog sollt ihr haben.«
Heim zur Alten kehrt der Alte –
sieh, der neue Trog war zur Stelle!
Doch noch ärger schalt ihn die Alte:
»Ach, du Erznarr, du alberner Tölpel!
Warst so dumm, einen Trog zu begehren!
Welchen Nutzen kann bringen ein Trog mir?

"Я сегодня поймал было рыбку,
Золотую рыбку, не простую;
По-нашему говорила рыбка
Домой в море синее просилась,
Дорогою ценою откупалась:
Откупалась чем только пожелаю.
Не посмел взять с нее выкуп;
Так пустил ее в синее море".
Старика старуха забранила:
"Дурачина ты, простофиля!
Не умел ты взять выкупа с рыбки!
Хоть бы взял ты с неё корыто,
Наше-то совсем раскололось".

Вот пошел он к синему морю;
Видит - море слегка разыгралось.
Стал он кликать золотую рыбку,
Приплыла к нему рыбка и спросила:
"Чего тебе надобно, старче?"
Ей с поклоном старик отвечает:
"Смилуйся, государыня рыбка,
Разбранила меня моя старуха.
Не даёт старику мне покою:
Надобно ей новое корыто;
Наше-то совсем раскололось".
Отвечает золотая рыбка:
"Не печалься, ступай себе с богом,
Будет вам новое корыто".
Воротился старик ко старухе,
У старухи новое корыто.
Еще пуще старуха бранится:
"Дурачина ты, простофиля!
Выпросил, дурачина, корыто!
В корыте много ли корысти?

Geh zurück, du Narr, zu dem Fischlein,
verneig dich und bitt um ein Häuschen!«
An das blauende Meer ging der Alte
– war das blaue finster geworden –,
er rief laut nach dem goldenen Fischlein,
und es kam das Fischlein und fragte:
»Sprich, Alter, was willst du haben?«
Und der Alte verneigt sich und bittet:
»Hab Erbarmen, allmächtiges Fischlein!
Ärger schilt nur und zankt mich die Alte,
lässt mich Alten daheim nicht in Ruhe:
Gar ein Haus will die Keiferin haben!«
Antwort bietet das goldene Fischlein:
»Sei getrost, geh mit Gott deines Weges!
So sei's denn, ein Haus sollt ihr haben!«
Heim zur Erdhütte kehrte der Alte,
aber diese ist spurlos verschwunden.
Vor ihm steht ein Häuschen mit Erkern,
mit getünchtem Schornstein aus Ziegeln,
vorn – ein Tor von behobelten Eichen.
Die Alte sitzt vor dem Fenster:
Was das Zeug hält, schilt sie den Alten:
»Ach, du Erznarr, du alberner Tölpel!
Warst so dumm, nur ein Haus zu begehren!
Geh zurück zu dem Fischlein und sag ihm:
Eine Bäuerin will ich nicht bleiben,
eine Edelfrau will ich nun werden!«
An das blauende Meer ging der Alte
– es wogte und brauste die Fläche –,
er rief laut nach dem goldenen Fischlein,
und es kam das Fischlein und Fragte:
»Sprich, Alter, was willst du haben?«

Воротись, дурачина, ты к рыбке;
Поклонись ей, выпроси уж избу".

Вот пошел он к синему морю,
(Помутилося синее море.)
Стал он кликать золотую рыбку,
Приплыла к нему рыбка, спросила:
"Чего тебе надобно, старче?"
Ей старик с поклоном отвечает:
"Смилуйся, государыня рыбка!
Еще пуще старуха бранится,
Не даёт старику мне покою:
Избу просит сварливая баба".
Отвечает золотая рыбка:
"Не печалься, ступай себе с богом,
Так и быть: изба вам уж будет".
Пошёл он ко своей землянке,
А землянки нет уж и следа;
Перед ним изба со светёлкой,
С кирпичною, белёною трубою,
С дубовыми, тесовыми вороты.
Старуха сидит под окошком,
На чём свет стоит мужа ругает:
"Дурачина ты, прямой простофиля!
Выпросил, простофиля, избу!
Воротись, поклонися рыбке:
Не хочу быть чёрной крестьянкой,
Хочу быть столбовою дворянкой".

Пошёл старик к синему морю;
(Не спокойно синее море.)
Стал он кликать золотую рыбку.
Приплыла к нему рыбка, спросила:
"Чего тебе надобно, старче?"

Und der Alte verneigt sich und bittet:
»Hab Erbarmen, allmächtiges Fischlein!
Immer ärger treibt's meine Alte,
lässt mich Alten daheim nicht in Ruhe:
Eine Bäuerin will sie nicht bleiben –
eine Edelfrau will sie nun werden!«
Antwort bietet das goldene Fischlein:
»Sei getrost, geh mit Gott deines Weges!«

Heim zur Alten kehrte der Alte.
Und was sieht er? Ein Herrenhaus!
Auf der Freitreppe steht seine Alte
in kostbarem Zobelfellpelzchen.
Auf dem Scheitel brokatenes Häubchen,
um den Hals ein Geschnüre von Perlen,
an den Fingern goldene Ringe,
an den Füßen rotjuchtene Schuhe.
Vor ihr stehen dienstwillige Diener,
sie schlägt sie, zieht sie am Schopfe.
Der Alte sagt zu der Alten:
»Gott zum Gruße, vielgnädige Herrin!
Sprich, ist nun deine Seele zufrieden?«
Doch voll Zornes fuhr an ihn die Alte
und befahl ihm, als Stallknecht zu dienen.

Eine Woche verstreicht und die zweite,
noch närrischer wurde die Alte.
Wieder schickt sie den Alten zum Fischlein:
»Geh zurück zu dem Fischlein und sag ihm:
Eine Edelfrau will ich nicht bleiben,
will als Zarin uneingeschränkt herrschen!«
Da erschrak der Alte und flehte:
»Aber Weib, hast du Tollkraut gefressen?

Ей старик с поклоном отвечает:
"Смилуйся; государыня рыбка!
Пуще прежнего старуха вздурилась;
Не даёт старику мне покою:
Уж не хочет быть она крестьянкой,
Хочет быть столбовою дворянкой".
Отвечает золотая рыбка:
"Не печалься, ступай себе с богом".

Воротился старик ко старухе.
Что ж он видит? Высокий терем.
На крыльце стоит его старуха
В дорогой собольей душегрейке,
Парчовая на маковке кичка,
Жемчуги огрузили шею,
На руках золотые перстни,
На ногах красные сапожки.
Перед нею усердные слуги;
Она бьёт их, за чупрун таскает.
Говорит старик свой старухе:
"Здравствуй, барыня-сударыня дворянка.
Чай; теперь твоя душенька довольна".
На него прикрикнула старуха,
На конюшне служить его послала.

Вот неделя, другая проходит,
Ещё пуще старуха вздурилась:
Опять к рыбке старика посылает.
"Воротись, поклонися рыбке:
Не хочу быть столбовою дворянкой,
А хочу быть вольною царицей".
Испугался старик, взмолился:
"Что ты, баба, белены объелась?

Kannst mit Anstand nicht gehen noch
sprechen,
wirst dich lächerlich machen im Reiche!«
Da ergrimmte die Alte noch grimmer,
einen Backenstreich gab sie dem Alten.
»Was, du Bauer, du wagst es zu trotzen,
einer Edelfrau zu widersprechen?
Geh zum Meer, ich rat es dir gütlich,
gehst du nicht, so wird man dich zwingen!«

An das blauende Meer ging der Alte
— ganz schwarz war das Meer nun
geworden –,
er rief laut nach dem goldenen Fischlein,
und es kam das Fischlein und fragte:
»Sprich, Alter, was willst du haben?«
Und der Alte verneigt sich und bittet:
»Hab Erbarmen, allmächtiges Fischlein!
Wiederum schlägt Krach meine Alte:
Eine Edelfrau will sie nicht bleiben,
will als Zarin uneingeschränkt herrschen!«
Antwort bietet das goldene Fischlein:
»Sei getrost, geh mit Gott deines Weges!
Deine Alte soll herrschen als Zarin.«

Heim zur Alten kehrte der Alte.
Sieh – ein Zarenschloss reckt seine Hallen.
In dem Schlosse, da sitzt seine Alte,
thront als Zarin an zarischer Tafel,
Edelleute und Bojaren sind Diener;
überseeischen Wein trinkt die Zarin,
Honigkuchen dazu isst die Zarin;
die Leibwächterschar steht da im Kreise,
auf den Schultern die Streitäxte tragend.
Als der Alte das sah, da erschrak er,

Ни ступить, ни молвить не умеешь,
Насмешишь ты целое царство".
Осердилась пуще старуха,
По щеке ударила мужа.
"Как ты смеешь, мужик, спорить со мною,
Со мною, дворянкой столбовою? -
Ступай к морю, говорят тебе честью,
Не пойдёшь, поведут поневоле".

Старичок отправился к морю,
(Почернело синее море.)
Стал он кликать золотую рыбку.
Приплыла к нему рыбка, спросила:
"Чего тебе надобно; старче?"
Ей с поклоном старик отвечает:
"Смилуйся, государыня рыбка!
Опять моя старуха бунтует:
Уж не хочет быть она дворянкой,
Хочет быть вольною царицей".
Отвечает золотая рыбка:
"Не печалься, ступай себе с богом!
Добро! Будет старуха царицей!"

Старичок к старухе воротился.
Что ж! Пред ним царские палаты,
В палатах видит свою старуху,
За столом сидит она царицей,
Служат ей бояре да дворяне,
Наливают ей заморские вины;
Заедает она пряником печатным;
Вкруг ее стоит грозная стража,
На плечах топорики держат.
Как увидел старик, - испугался!

zu Füßen der Alten warf er sich nieder:
»Gott zum Gruße, du vielgestrenge Zarin!
Sprich, ist nun deine Seele zufrieden?«
Keines Blicks ward gewürdigt der Alte,
von sich zu treiben befahl ihn die Alte.
Alle Edelleute und Bojaren,
ins Genick stießen fort sie den Alten;
an der Tür mit der Axt die Wachen,
hätten bald ihn niedergehauen.
Und das Volk verlachte ihn höhnisch:
»Alter Tölpel, recht ist dir geschehen,
wird in Zukunft als Lehre dir dienen:
lass den Vorwitz, was nicht deines Amts ist!«

Eine Woche verstreicht und die zweite,
noch närrischer wurde die Alte,
schickt die Höflinge nach ihrem Manne,
endlich fand man den Alten, bringt aufs Schloss ihn.
Spricht die Alte zu ihrem Alten:
»Geh zurück zu dem Fischlein und sag ihm:
Zarin will ich länger nicht bleiben,

will nun werden die Herrscherin des Meeres,
will nun leben im Ozeanmeere,
dass das goldene Fischlein mir diene,
dass es Botendienste mir leiste!«

Keinen Widerspruch wagte der Alte,
sprach kein einziges Wörtchen dagegen.
An das blauende Meer ging er wieder.
Sieh – da brandet tiefschwarz die Fläche,
hochauf bäumen sich zornig die Wogen
und heulen mit hohlem Geheule.

В ноги он старухе поклонился,
Молвил: "Здравствуй, грозная царица
Ну, теперь твоя душенька довольна".
На него старуха не взглянула,
Лишь с очей прогнать его велела.
Подбежали бояре и дворяне,
Старика взашеи затолкали.
А в дверях-то стража подбежала,
Топорами чуть не изрубила.
А народ-то над ним насмеялся:
"Поделом тебе, старый невежа!
Впредь тебе невежа, наука:
Не садись не в свои сани!"

Вот неделя, другая проходит,
Ещё пуще старуха вздурилась:
Царедворцев за мужем посылает,
Отыскали старика, привели к ней.
Говорит старику старуха:
"Воротись, поклонися рыбке.
Не хочу быть вольною царицей,
Хочу быть владычицей морскою,
Чтобы жить мне в Окияне-море,
Чтоб служила мне рыбка золотая
И была б у меня на посылках".

Старик не осмелился перечить,
Не дерзнул поперёк слова молвить.
Вот идет он к синему морю,
Видит, на море чёрная буря:
Так и вздулись сердитые волны,
Так и ходят, так воем и воют.
Стал он кликать золотую рыбку.

Nach dem goldenen Fisch rief der Alte,
und es kam das Fischlein und fragte:
»Sprich, Alter, was willst du haben?«
Und der Alte verneigt sich und bittet:
»Hab Erbarmen, allmächtiges Fischlein!
Meine Alte ist vollends des Teufels!
Zarin will sie länger nicht bleiben,
will nun werden die Herrscherin des Meeres,
will nun leben im Ozeanmeere,
dass du selber, Fischlein, ihr dienest,
daß du Botendienste ihr leistest!«
Nicht ein Wort sprach das goldene Fischlein,
mit dem Schwanze nur schlug es das Wasser
und tauchte hinab in die Tiefe.
Lange harrte der Alte auf Antwort,
doch vergebens. Da ging er zur Alten.
Sieh – vor ihm hockt die Erdhütte wieder,
auf der Schwelle sitzt seine Alte,
und vor ihr liegt der Trog, der geborstne.

Приплыла к нему рыбка, спросила:
"Чего тебе надобно, старче?"
Ей старик с поклоном отвечает:
"Смилуйся, государыня рыбка!
Что мне делать с проклятою бабой?
Уж не хочет быть она царицей,
Хочет быть владычицей морскою;
Чтобы жить ей в Окияне-море,
Чтобы ты сама ей служила
И была бы у ней на посылках".
Ничего не сказала рыбка,
Лишь хвостом по воде плеснула
И ушла в глубокое море.
Долго у моря ждал он ответа
Не дождался, к старухе воротился -
Глядь: опять перед ним землянка;
На пороге сидит его старуха;
А пред нею разбитое корыто.

Märchen vom Zaren Saltan, von seinem Sohn, dem berühmten, mächtigen Recken Fürst Gwidon Saltanowitsch, und von der wunderschönen Schwanenprinzessin.

Saßen spät drei junge Mädchen,
schnurrend ging ihr Spinnerädchen,
redet eine von den drein:
»Ach, könnt ich doch Zarin sein!
Für die ganze weite Welt
hätt ich selbst ein Fest bestellt!«
Sprach die zweite von den drein:
»Schwester, könnt ich Zarin sein,
aller Welt mit eigner Hand
webt ich feine Leinewand!«
Sprach die Jüngste von den drein:
»Kam ein Zar, um mich zu frein,
schenkt ich ihm auf seinen Thron
einen rechten Heldensohn!«
Kaum der Wunsch gesprochen ward,
als die Türe leise knarrt:
Zu den Mädchen, zu den drein,
tritt der Zar des Landes ein.
Draußen stand er bei dem Reden,
hört' die Wünsche einer jeden,
was die Jüngste grad gesagt,
hat am meisten ihm behagt.
Sagt der Zar: »Gruß dir, der Schönen,
dich will ich zur Zarin nehmen.
Und bis zum September schon

Сказка о царе Салтане, о сыне его славном и могучем богатыре князе Гвидоне Салтановиче и о прекрасной царевне Лебеди

Три девицы под окном
Пряли поздно вечерком.
«Кабы я была царица, —
Говорит одна девица, —
То на весь крещеный мир
Приготовила б я пир».
«Кабы я была царица, —
Говорит ее сестрица, —
То на весь бы мир одна
Наткала я полотна».
«Кабы я была царица, —
Третья молвила сестрица, —
Я б для батюшки-царя
Родила богатыря».

Только вымолвить успела,
Дверь тихонько заскрыпела,
И в светлицу входит царь,
Стороны той государь.
Во всё время разговора
Он стоял позадь забора;
Речь последней по всему
Полюбилася ему.
«Здравствуй, красная девица, —
Говорит он, — будь царица
И роди богатыря

schenk mir einen Heldensohn!
Aber ihr, ihr beiden andern,
macht euch auf, mit uns zu wandern,
bei der Schwester sollt ihr bleiben,
was ihr wünscht, das sollt ihr treiben:
Eine soll als Köchin leben
und die andre Leinwand weben.«

Die drei Mädchen, wie sie waren,
folgten zum Palast dem Zaren.
Gleich am Abend ward die Braut
ihm als Zarin angetraut.
Zar Saltan im Kreis der Gäste
mit der Zarin saß beim Feste;
drauf die Ehrengäste schreiten
und das Hochzeitsbett bereiten,
fein geschnitzt aus Elfenbein;
und man ließ das Paar allein.
Weberin und Köchin einen
sich, ihr Schicksal zu beweinen;
und es einen sich die beiden,
ihre Herrin zu beneiden;
doch das junge Zarenpaar
machte sein Versprechen wahr:
Eh die Hochzeitsnacht vergangen,
war der Heldensohn empfangen.

Zu derselben Zeit gab's Krieg.
Zar Saltan sein Roß bestieg,
bat die Zarin, sich zu wahren
ihm zuliebe vor Gefahren. –
Und indes er ferne weilt,
stark von Kampf zu Kampfe eilt
mit den rauhen Kriegsgenossen,
ist die Kindesfrist verflossen,

Мне к исходу сентября.
Вы ж, голубушки-сестрицы,
Выбирайтесь из светлицы,
Поезжайте вслед за мной,
Вслед за мной и за сестрой:
Будь одна из вас ткачиха,
А другая повариха».

В сени вышел царь-отец.
Все пустились во дворец.
Царь недолго собирался:
В тот же вечер обвенчался.
Царь Салтан за пир честной
Сел с царицей молодой;
А потом честные гости
На кровать слоновой кости
Положили молодых
И оставили одних.
В кухне злится повариха,
Плачет у станка ткачиха,
И завидуют оне
Государевой жене.
А царица молодая,
Дела вдаль не отлагая,
С первой ночи понесла.

В те поры война была.
Царь Салтан, с женой простяся,
На добра-коня садяся,
Ей наказывал себя
Поберечь, его любя.
Между тем, как он далёко
Бьется долго и жестоко,
Наступает срок родин;

und Gott schenkt ihm einen Sohn,
ellenlang geboren schon.
Ihren Sprössling pflegt die Zarin,
wie ihr Junges pflegt die Aarin;
einen Boten, einen raschen,
schickt sie, froh zu überraschen
ihren Zaren. Doch die beiden
Schwestern, die ihr Glück beneiden,
mit der Base Babariche
sinnen sie auf arge Schliche,
fangen ab den ersten Boten,
den die Zarin selbst entboten,
senden einen andern fort
mit der Botschaft Wort für Wort:
»Deine Zarin hat geboren,
doch Gott weiß, was dir erkoren,
's ist kein Spross für deinen Thron,
keine Tochter und kein Sohn –
's ist nicht Frosch und ist nicht Maus:
sieht fast wie ein Untier aus.«

Wie die Botschaft ihm gekommen
und der Zar den Sinn vernommen,
ward er zornig, und es drohten
seine Worte Tod dem Boten.
Doch das Töten unterblieb,
und der Zar zur Antwort schrieb:
»Schweigt jetzt still von der Geschichte,
bis ich selber seh und richte.«

Mit der Schrift, auf schnellem Roß,
kehrt der Bote heim zum Schloss.
Doch der bösen Schwestern Neid
schuf der Zarin neues Leid:
Mit der Base Babariche

Сына бог им дал в аршин,
И царица над ребенком
Как орлица над орленком;
Шлет с письмом она гонца,
Чтоб обрадовать отца.
А ткачиха с поварихой,
С сватьей бабой Бабарихой,
Извести ее хотят,
Перенять гонца велят;
Сами шлют гонца другого
Вот с чем от слова до слова:
«Родила царица в ночь
Не то сына, не то дочь;
Не мышонка, не лягушку,
А неведому зверюшку».

Как услышал царь-отец,
Что донес ему гонец,
В гневе начал он чудесить
И гонца хотел повесить;
Но, смягчившись на сей раз,
Дал гонцу такой приказ:
«Ждать царева возвращенья
Для законного решенья».

Едет с грамотой гонец,
И приехал наконец.
А ткачиха с поварихой,
С сватьей бабой Бабарихой,
Обобрать его велят;

sannen sie auf arge Schliche,
machten erst den Boten trunken,
bis er tief in Schlaf versunken;
nähten in sein Brustgewand
einen Brief von ihrer Hand.
Als der Bote dann erwacht,
ward die Botschaft überbracht:
»Zar Saltan an die Bojaren:
Was geschehn, hab ich erfahren,
drum die Zarin und ihr Kind
sollt ihr beide, wie sie sind,
alsofort ins Meer versenken,
sie im Wasser still ertränken.«
Trauernd folgten die Bojaren
dem gefälschten Brief des Zaren,
drangen, zu der Zarin Schmach,
nächtlich in ihr Schlafgemach,
lasen ihr mit lauter Stimme,
was der Zar in seinem Grimme
anbefohlen. In ein Fass
wurden ohne Unterlass
Kind und Mutter eingesteckt,
und das Fass ward zugedeckt,
dicht verstopft mit Werg und Teer
und gerollt ins blaue Meer.

Glänzt der Himmel sternenhelle,
rauscht im Meer die dunkle Welle;
Wolken ziehn am Himmel schwer,
und das Fass schwimmt auf dem Meer.
Klagt die Zarin in dem Fass,
jammert ohne Unterlass;
doch Ihr Kind wächst wunderbar,
nicht bloß täglich, stündlich gar.
Und indes die Mutter klagt,

Допьяна гонца поят
И в суму его пустую
Суют грамоту другую —
И привез гонец хмельной
В тот же день приказ такой:
«Царь велит своим боярам,
Времени не тратя даром,
И царицу и приплод
Тайно бросить в бездну вод».
Делать нечего: бояре,
Потужив о государе
И царице молодой,
В спальню к ней пришли толпой.
Объявили царску волю —
Ей и сыну злую долю,
Прочитали вслух указ,
И царицу в тот же час
В бочку с сыном посадили,
Засмолили, покатили
И пустили в Окиян —
Так велел-де царь Салтан.

В синем небе звезды блещут,
В синем море волны хлещут;
Туча по небу идет,
Бочка по морю плывет.
Словно горькая вдовица,
Плачет, бьется в ней царица;
И растет ребенок там
Не по дням, а по часам.
День прошел, царица вопит...
А дитя волну торопит:
«Ты, волна моя, волна!
Ты гульлива и вольна;

singt das Kind im Fass und sagt: »Ach, du
Welle, Meereswelle,
wie Du plätscherst frei und helle,
keinen Zwang noch Fesseln fühlend,
bald das Meergestein umspülend,
bald ans hohe Ufer schlagend,
mastenhohe Schiffe tragend –
oh, erlös uns unsrer Bande,
trag uns hin zum festen Lande!«
Und die Welle hört das Wort,
trägt das Fass zum Ufer fort,
lässt es sanft am Strande nieder,
gleitet dann zum Meere wieder.

Kind und Mutter sind gerettet,
sind auf festem Land gebettet.
Aber wer macht jetzt die zwei
aus der Haft des Fasses frei?
Auf den Füßen steht das Kind,
mit dem Köpfchen presst es lind
an den Boden ihrer Tonne:
»Mach ein Fenster für die Sonne!«
sprach er, brach den Boden aus
und verließ das enge Haus.

Frei sind Sohn und Mutter beide,
sehn sich um in großer Freude.
Steigt vom Strand ein Hügel auf,
eine Eiche steht darauf.
Denkt der Sohn: Ein Abendbrot
tut uns jetzt vor allem not!
»Doch wo find ich Speise?« spricht er,
einen Zweig vom Baume bricht er,
biegt den Zweig zu einem Bogen,
hat die Schnur schnell abgezogen

Плещешь ты, куда захочешь,
Ты морские камни точишь,
Топишь берег ты земли,
Подымаешь корабли —
Не губи ты нашу душу:
Выплесни ты нас на сушу!»
И послушалась волна:
Тут же на берег она
Бочку вынесла легонько
И отхлынула тихонько.
Мать с младенцем спасена;
Землю чувствует она.
Но из бочки кто их вынет?
Бог неужто их покинет?
Сын на ножки поднялся,
В дно головкой уперся,
Понатужился немножко:
«Как бы здесь на двор окошко
Нам проделать?» — молвил он,
Вышиб дно и вышел вон.

Мать и сын теперь на воле;
Видят холм в широком поле,
Море синее кругом,
Дуб зеленый над холмом.
Сын подумал: добрый ужин
Был бы нам, однако, нужен.
Ломит он у дуба сук
И в тугой сгибает лук,
Со креста снурок шелковый
Натянул на лук дубовый,
Тонку тросточку сломил,
Стрелкой легкой завострил

seinem Kreuz, mit fester Hand
sie dem Bogen aufgespannt,
kleine Zweiglein dann in Eile
zugespitzt als scharfe Pfeile –
und er sucht am Dünenhügel
an der Bucht nach Seegeflügel.

Kaum jedoch kam er ans Meer,
hört er: Jemand stöhnt gar sehr ...
Sieht: Ein Schwan im Schaume bebt,
über ihm ein Geier schwebt;
und der Schwan schaut bang unsäglich,
windet sich und zittert kläglich,
wild gespreizt hat – welch ein Graun! –
schon der Geier seine Klaun ...
Doch von dem gespannten Bogen
plötzlich kommt ein Pfeil geflogen
in des Geiers Hals – sein Blut
färbt mit Purpur rings die Flut,
und in Todesqual und Grimme
schreit er wie mit Menschenstimme.
Und der Schwan mit Schlagen, Beißen
sucht ihn in die Flut zu reißen,
sicher ihn zu töten. Drauf
tut der Schwan den Schnabel auf,
russisch und mit Menschenton
spricht er zu dem Zarensohn:
»Zarensohn! Mich zu erlösen,
kamst du, von der Macht des Bösen;
kannst du jetzt um meinetwillen
auch nicht deinen Hunger stillen,
ging verloren auch dein Pfeil,
Glück wird dir dafür und Heil!
Keinen Schwan hast du befreit –
eine stolze Königsmaid!

И пошел на край долины
У моря искать дичины.

К морю лишь подходит он,
Вот и слышит будто стон...
Видно на море не тихо;
Смотрит — видит дело лихо:
Бьется лебедь средь зыбей,
Коршун носится над ней;
Та бедняжка так и плещет,
Воду вкруг мутит и хлещет...
Тот уж когти распустил,
Клёв кровавый навострил...
Но как раз стрела запела,
В шею коршуна задела —
Коршун в море кровь пролил,
Лук царевич опустил;
Смотрит: коршун в море тонет
И не птичьим криком стонет,
Лебедь около плывет,
Злого коршуна клюет,
Гибель близкую торопит,
Бьет крылом и в море топит —
И царевичу потом
Молвит русским языком:
«Ты, царевич, мой спаситель,
Мой могучий избавитель,
Не тужи, что за меня
Есть не будешь ты три дня,
Что стрела пропала в море;
Это горе — всё не горе.
Отплачу тебе добром,
Сослужу тебе потом:
Ты не лебедь ведь избавил,

Und der Geier, der als Ziel
deines sichern Schusses fiel,
war ein Zaubrer – reicher Lohn
soll dir werden, Zarensohn!
Deinem Dienst will ich mich weihn,
überall dir nahe sein,
was du wünschest, will ich tun,
doch jetzt geh, dich auszuruhn!«

Sprach's der Schwan und war entflohn.
Und die Zarin und der Sohn
schliefen ein mit leerem Magen.
Aber kaum begann's zu tagen,
war der Sohn bereits erwacht.
Staunend sieht er, über Nacht
auf dem weiten öden Strand
eine große Stadt erstand,
um das weite Häusermeer
laufen weiße Mauern her,
goldne Kuppeln sieht er blitzen,
Klöster, Kirchen, Turmesspitzen.
Weckt der Sohn die Mutter – oh,
wie wird sie des Anblicks froh!
»Komm und lass der Stadt uns nahn«,
ruft er, »Wunder tut mein Schwan.«
Und sie gehn mit schnellen Schritten,
haben kaum das Tor durchschritten,
hören sie von allen Seiten
feierliches Glockenläuten;
mit Gesang auf allen Wegen
wallt das Volk dem Paar entgegen;
durch die festgeschmückten Scharen
goldne Hofkarossen fahren,
und das Volk von nah und fern
ruft hurra dem neuen Herrn!

Девицу в живых оставил;
Ты не коршуна убил,
Чародея подстрелил.
Ввек тебя я не забуду:
Ты найдешь меня повсюду,
А теперь ты воротись,
Не горюй и спать ложись».

Улетела лебедь-птица,
А царевич и царица,
Целый день проведши так,
Лечь решились на тощак.
Вот открыл царевич очи;
Отрясая грезы ночи
И дивясь, перед собой
Видит город он большой,
Стены с частыми зубцами,
И за белыми стенами
Блещут маковки церквей
И святых монастырей.
Он скорей царицу будит;
Та как ахнет!.. «То ли будет? —
Говорит он, — вижу я:
Лебедь тешится моя».
Мать и сын идут ко граду.
Лишь ступили за ограду,
Оглушительный трезвон
Поднялся со всех сторон:
К ним народ навстречу валит,
Хор церковный бога хвалит;
В колымагах золотых
Пышный двор встречает их;
Все их громко величают
И царевича венчают

Und man setzt dem Zarensohne
auf das Haupt die Fürstenkrone,
da die Mutter eingewilligt
und des Volkes Wahl gebilligt,
herrscht im Land der Zarensohn,
und man nennt ihn Fürst Gwidon.

Weht der Wind vom Meere her,
treibt ein Schifflein auf dem Meer,
das, die Segel ausgebreitet,
leicht und schnell die Flut durchgleitet.
Plötzlich ruft das Schiffsvolk laut:
»Welch ein Wunder! Kommt und schaut!
Auf dem alten Inselland
eine neue Stadt erstand.
Stolz gebaut mit Türmen, Zinnen,
goldne Kuppeln blitzen drinnen.«
Ein Kanonenschuss vom Walle
grüßt das Schiff. Zur Fürstenhalte
führt man bald die fremden Gäste
und bewirtet sie aufs beste.
Fürst Gwidon hebt an zu fragen,
welcher Wind sie hergetragen,
was der Reise Zweck und Ziel
und noch andrer Fragen viel.
Sprachen sie: »Mit Pelzwerkwaren
haben wir die Welt durchfahren,
führten Fuchs und Zobel aus,
und jetzt kehren wir nach Haus.
Ostwärts führt uns unsre Bahn,
um beim Inselland Bujan
in das Reich Saltans zu fahren,
des berühmten, mächt'gen Zaren.«

Княжей шапкой, и главой
Возглашают над собой;
И среди своей столицы,
С разрешения царицы,
В тот же день стал княжить он
И нарекся: князь Гвидон.

Ветер на море гуляет
И кораблик подгоняет;
Он бежит себе в волнах
На раздутых парусах.
Корабельщики дивятся,
На кораблике толпятся,
На знакомом острову
Чудо видят наяву:
Город новый златоглавый,
Пристань с крепкою заставой;
Пушки с пристани палят,
Кораблю пристать велят.
Пристают к заставе гости;
Князь Гвидон зовет их в гости,
Их он кормит и поит
И ответ держать велит:
«Чем вы, гости, торг ведете
И куда теперь плывете?»
Корабельщики в ответ:
«Мы объехали весь свет,
Торговали соболями,
Чернобурыми лисами;
А теперь нам вышел срок,
Едем прямо на восток,
Мимо острова Буяна,
В царство славного Салтана...»

Sprach der Fürst: »Ein guter Stern
führe euch, ihr lieben Herrn,
durch den weiten Ozean
bis zum mächt'gen Zar Saltan;
sollt ihm meinen Gruß bestellen.«
Weiter zogen die Gesellen.
Doch das Herz von Kummer schwer,
ging der Fürst zum blauen Meer.
Siehe – durch die blauen Wogen
kommt der weiße Schwan gezogen.
»Sei gegrüßt, mein Fürst! Warum
wandelst du so trüb und stumm?
Sprich, was ist dir angetan?«
So den Fürsten fragt der Schwan.
Trüb der Fürst dem Schwan entgegnet:
»Ist kein Unglück mir begegnet,
und doch traurig ist mein Sinn,

zu dem Vater zieht mich's hin!«
Drauf der Schwan: »Wünschst du nichts mehr!
Folg dem Schiffe übers Meer,
fliege hin zu deinem Glücke,
nimm Gestalt an einer Mücke!«
Und der Schwan bewegt die Schwingen,
daß die Wellen hochauf springen,
übers Ufer springen sie,
Fürst Gwidon verschlingen sie,
der ins Meer bis übers Ohr kommt
und als Mücke dann hervorkommt.
Und die Mücke schwirrt einher,
fliegt zum Schiffe übers Meer,
sucht in einer Spalte dort
einen sichern Zufluchtsort.

Князь им вымолвил тогда:
«Добрый путь вам, господа,
По морю по Окияну
К славному царю Салтану;
От меня ему поклон».
Гости в путь, а князь Гвидон
С берега душой печальной
Провожает бег их дальный;
Глядь — поверх текучих вод
Лебедь белая плывет.
«Здравствуй, князь ты мой прекрасный!
Что ты тих, как день ненастный?
Опечалился чему?» —
Говорит она ему.
Князь печально отвечает:
«Грусть-тоска меня съедает,
Одолела молодца:
Видеть я б хотел отца».
Лебедь князю: «Вот в чем горе!
Ну, послушай: хочешь в море
Полететь за кораблем?
Будь же, князь, ты комаром».
И крылами замахала,
Воду с шумом расплескала
И обрызгала его
С головы до ног всего.
Тут он в точку уменьшился,
Комаром оборотился,
Полетел и запищал,
Судно на море догнал,
Потихоньку опустился
На корабль — и в щель забился.

Lustig weht und pfeift der Wind,
und das Schifflein fliegt geschwind,
fliegt vom Inselland Bujan
zu dem Reich des Zarn Saltan.
Und das heißersehnte Land
taucht empor am Himmelsrand.
Schon am Ufer sind die Gäste,
Zar Saltan lädt sie zum Feste,
und es fliegt die Mücke klein
ihnen nach ins Schloß hinein.
Auf dem goldnen Herrscherthrone
sitzt Saltan mit goldner Krone.
Finster seine Augen blitzen.
Weberin und Köchin sitzen
ihm zu Füßen, und als Dritte
Babariche in der Mitte.
Sehen scharf auf sein Gesicht,
hören eifrig, was er spricht,
da der Zar das Wort genommen:
»Liebe Gäste, seid willkommen!
Sagt mir doch, wo kommt ihr her?
Wart ihr lange auf dem Meer?
Und jenseits des Meers, wie war es,
saht ihr dort viel Wunderbares?«
Und der Schiffsherr sprach zum Zaren:
»Haben alle Welt umfahren,
jenseits auch der Meeresflut
ist es schön und lebt sich's gut;
doch das größte Wunder sahn
wir im blauen Ozean!
Ragte aus den Fluten weiland
nackt und kalt ein Felseneiland;
nichts wuchs da als eine Eiche –
jetzt steht eine wunderreiche

Ветер весело шумит,
Судно весело бежит
Мимо острова Буяна,
К царству славного Салтана,
И желанная страна
Вот уж издали видна.
Вот на берег вышли гости;
Царь Салтан зовет их в гости,
И за ними во дворец
Полетел наш удалец.
Видит: весь сияя в злате,
Царь Салтан сидит в палате
На престоле и в венце
С грустной думой на лице;
А ткачиха с поварихой,
С сватьей бабой Бабарихой,
Около царя сидят
И в глаза ему глядят.
Царь Салтан гостей сажает
За свой стол и вопрошает:
«Ой вы, гости-господа,
Долго ль ездили? Куда?
Ладно ль за морем, иль худо?
И какое в свете чудо?»
Корабельщики в ответ:
«Мы объехали весь свет;
За морем житье не худо,
В свете ж вот какое чудо:
В море остров был крутой,
Не привальный, не жилой;
Он лежал пустой равниной;
Рос на нем дубок единый;
А теперь стоит на нем
Новый город со дворцом,

große, schöne Stadt am Meer,
Gärten liegen ringsumher;
im Palast, auf goldnem Thron
sitzt der Herrscher, Fürst Gwidon,
der uns auftrug, als wir gingen,
seine Grüße dir zu bringen.«
Staunend sprach der mächt' Zar
zu den Schiffern: »Sprecht ihr wahr,
will ich, lässt mich Gott am Leben,
selbst zum Fürsten mich begeben.«
Weberin und Köchin sinnen,
zu verhindern das Beginnen
Zar Saltans; mit Babariche
sinnen sie auf arge Schliche,
eine von dem Schwesternpaar
spöttisch ruft: »Warum nicht gar!
Nachzulaufen solchem Plunder!
Ich weiß ein viel größres Wunder:
Fern am grünen Waldessaum,
unter einem Tannenbaum,
sitzt ein Eichhorn, singt und knackt
Nüsse zu des Liedchens Takt,
Nüsse, gar nicht zu bezahlen:
Ganz von Golde sind die Schalen.
Jeder Kern ist ein Smaragd –
's ist ein Wunder, wie gesagt!

Zar Saltan erstaunte höchlich,
dass ein solches Wunder möglich;
doch die Mücke, zornerpicht,
in das Aug die Muhme sticht,
dass sie sich vor Schmerzen windet
und am rechten Aug erblindet.
Diener, Base, Schwestern sprangen
auf, das kleine Tier zu fangen:

С златоглавыми церквами,
С теремами и садами,
А сидит в нем князь Гвидон;
Он прислал тебе поклон».
Царь Салтан дивится чуду;
Молвит он: «Коль жив я буду,
Чудный остров навещу,
У Гвидона погощу».
А ткачиха с поварихой,
С сватьей бабой Бабарихой,
Не хотят его пустить
Чудный остров навестить.
«Уж диковинка, ну право, —
Подмигнув другим лукаво,
Повариха говорит, —
Город у моря стоит!
Знайте, вот что не безделка:
Ель в лесу, под елью белка,
Белка песенки поет
И орешки всё грызет,
А орешки не простые,
Всё скорлупки золотые,
Ядра — чистый изумруд;
Вот что чудом-то зовут».
Чуду царь Салтан дивится,
А комар-то злится, злится —
И впился комар как раз
Тетке прямо в правый глаз.
Повариха побледнела,
Обмерла и окривела.
Слуги, сватья и сестра
С криком ловят комара.

»Warte du, wir wollen dich!«
Doch die Mücke rettet sich
schnell durchs Fenster, fliegt hinaus
übers blaue Meer nach Haus.

Fürst Gwidon geht spähend wieder
an dem Strande auf und nieder.
Siehe! Durch die dunkeln Wogen
kommt der weiße Schwan gezogen.
»Sei gegrüßt, mein Fürst! Warum
wandelst du so trüb und stumm?
Sprich, was ist dir angetan?«
So den Fürsten fragt der Schwan.
Und der Fürst zur Antwort sagt:
»Nur ein Wunsch ist's, der mich plagt,
eines großen Wunders gern
macht ich mich durch dich zum Herrn:
Fern am grünen Waldessaum,
unter einem Tannenbaum,
sitzt ein Eichhorn, singt und knackt
Nüsse zu des Liedchens Takt.
Nüsse, gar nicht zu bezahlen:
Ganz von Golde sind die Schalen,
jeder Kern ist ein Smaragd –
wenn es wahr ist, was man sagt.«
Drauf der Schwan: »Ist es nichts weiter,
was dich plagt, mein Fürst, sei heiter!
Jene Wundermär ist richtig,
doch dein Gram darob ist nichtig,
denn das Wunder kommt von mir,
und in Freuden schenk ich's dir!«
Voll von seinem neuen Glück,
kehrt der Fürst zum Schloss zurück:
Auf des Hofes breitem Raum
steht ein schöner Tannenbaum;

«Распроклятая ты мошка!
Мы тебя!..» А он в окошко,
Да спокойно в свой удел
Через море полетел.

Снова князь у моря ходит,
С синя моря глаз не сводит;
Глядь — поверх текучих вод
Лебедь белая плывет.
«Здравствуй, князь ты мой прекрасный!
Что ж ты тих, как день ненастный?
Опечалился чему?« —
Говорит она ему.
Князь Гвидон ей отвечает:
«Грусть-тоска меня съедает;
Чудо чудное завесть
Мне б хотелось. Где-то есть
Ель в лесу, под елью белка;
Диво, право, не безделка —
Белка песенки поет,
Да орешки всё грызет,
А орешки не простые,
Всё скорлупки золотые,
Ядра — чистый изумруд;
Но, быть может, люди врут».
Князю лебедь отвечает:
«Свет о белке правду бает;
Это чудо знаю я;
Полно, князь, душа моя,
Не печалься; рада службу
Оказать тебе я в дружбу».
С ободренною душой
Князь пошел себе домой;
Лишь ступил на двор широкий —

sieht der Fürst das Eichhorn sitzen,
sieht die goldnen Nüsse blitzen,
sieht es vor sich auf zwei Seiten
Gold und Edelsteine breiten,
hört es dabei pfeifen, singen,
und des Eichhorns Lieder klingen
weit im Hofe auf und nieder,
laut vor allem Volke wider.
Hoch erstaunte Fürst Gwidon,
und er rief im Jubelton:
»Dank dir, Schwan, du machst mich reich!«
Und er ließ dem Eichhorn gleich
ein kristallnes Haus bereiten,
stellt davor zu beiden Seiten
Wachen; und ein Schreiber muss
schriftlich zählen jede Nuss,
dass des Eichhorns Ruhm und Ehre
und des Fürsten Schatz sich mehre.

Weht der Wind vom Meere her,
treibt ein Schifflein auf dem Meer,
das, die Segel ausgebreitet,
leicht und schnell die Flut durchgleitet,
zu der steilen Insel schwimmt es,
seinen Lauf zum Hafen nimmt es,
als der Schuss vom Wall erschallt,
macht das Schiff im Hafen halt;
ladet man die Schiffer alle
gastlich ein zur Fürstenhalle.
Als das reiche Mahl geendet,
sich der Fürst zum Schiffsherrn wendet:
Fragt nach Herkunft, Reiseziel,
tut noch andrer Fragen viel.

Что ж? Под елкою высокой,
Видит, белочка при всех
Золотой грызет орех,
Изумрудец вынимает,
А скорлупку собирает,
Кучки равные кладет
И с присвисточкой поет
При честном при всем народе:
Во саду ли, в огороде.
Изумился князь Гвидон.
«Ну, спасибо, — молвил он, —
Ай да лебедь — дай ей боже,
Что и мне, веселье то же».
Князь для белочки потом
Выстроил хрустальный дом,
Караул к нему приставил
И притом дьяка заставил
Строгий счет орехам весть.
Князю прибыль, белке честь.

Ветер по морю гуляет
И кораблик подгоняет;
Он бежит себе в волнах
На поднятых парусах
Мимо острова крутого,
Мимо города большого:
Пушки с пристани палят,
Кораблю пристать велят.
Пристают к заставе гости;
Князь Гвидон зовет их в гости,
Их и кормит и поит
И ответ держать велит:
«Чем вы, гости, торг ведете
И куда теперь плывете?»

Und er hört zur Antwort sagen:
»Weit hat uns das Meer verschlagen,
haben alle Welt durchwandelt,
Hengste gar vom Don gehandelt;
jetzt zur Heimkehr ist es Zeit,
unser Weg führt uns noch weit:
Nach dem Inselland Bujan
in das Reich des Zarn Saltan ...«
Sprach der Fürst: »Ein guter Stern
führe euch, ihr lieben Herrn,
durch den weiten Ozean
in das Reich des Zaren Saltan;
seid ihr glücklich heimgefahren,
grüßt von mir den mächt'gen Zaren!«

Schifften sich die Gäste ein.
ging der Fürst zum Meer allein:
Siehe! Durch die blauen Wogen
kommt der weiße Schwan gezogen.
Spricht der Fürst: »Mich zieht mein Sinn
wiederum zur Ferne hin!«
Wieder ließ der Schwan die Wellen
an dem Fürsten hochauf schnellen,
der ins Meer bis übers Ohr kommt
und als Fliege dann hervorkommt.
Auf dem Schiff bot ihm ein Spalt
einen sichern Aufenthalt.

Lustig pfeift und weht der Wind,
und das Schifflein fliegt geschwind
nach dem Inselland Bujan,
nach dem Reich des Zaren Saltan;
und das heiß ersehnte Land
taucht empor am Himmelsrand.

Корабельщики в ответ:
«Мы объехали весь свет,
Торговали мы конями,
Всё донскими жеребцами,
А теперь нам вышел срок —
И лежит нам путь далек:
Мимо острова Буяна,
В царство славного Салтана...»
Говорит им князь тогда:
«Добрый путь вам, господа,
По морю по Окияну
К славному царю Салтану;
Да скажите: князь Гвидон
Шлет царю-де свой поклон».

Гости князю поклонились,
Вышли вон и в путь пустились.
К морю князь — а лебедь там
Уж гуляет по волнам.
Молит князь: душа-де просит,
Так и тянет и уносит...
Вот опять она его
Вмиг обрызгала всего:
В муху князь оборотился,
Полетел и опустился
Между моря и небес
На корабль — и в щель залез.

Ветер весело шумит,
Судно весело бежит
Мимо острова Буяна,
В царство славного Салтана —
И желанная страна
Вот уж издали видна;

Schon am Ufer sind die Gäste,
Zar Saltan lädt sie zum Feste.
Und es fliegt die Fliege klein
ihnen nach ins Schloss hinein.

Auf dem goldnen Herrscherthrone
sitzt Saltan mit goldner Krone.
Finster seine Augen blitzen.
Weberin und Köchin sitzen
ihm zu Füßen, und als Dritte
Babariche in der Mitte;
sehen scharf auf sein Gesicht,
merken eifrig, was er spricht,
da der Zar das Wort genommen:
»Liebe Gäste, seid willkommen!
Sagt mir doch, wo kommt ihr her?
Wart ihr lange auf dem Meer?
Und jenseits des Meers, wie war es,
saht ihr dort viel Wunderbares?«
Und der Schiffsherr sprach zum Zaren:
»Haben alle Welt umfahren,
jenseits auch der Meeresflut
ist es schön und lebt sich's gut:
Doch das größte Wunder sahn
wir im blauen Ozean:
Eine Insel steigt dort auf,
eine Stadt dehnt sich darauf,
stolz gebaut mit Türmen, Zinnen,
goldne Kuppeln blitzen drinnen.
Vor dem Schloss auf weitem Raum
steht ein hoher Tannenbaum;
im kristallnen Häuschen drunter
sitzt ein Eichhorn, zahm und munter,
und dies Eichhorn singt und knackt
Nüsse zu des Liedchens Takt,

Вот на берег вышли гости;
Царь Салтан зовет их в гости,
И за ними во дворец
Полетел наш удалец.
Видит: весь сияя в злате,
Царь Салтан сидит в палате
На престоле и в венце,
С грустной думой на лице.
А ткачиха с Бабарихой
Да с кривою поварихой
Около царя сидят,
Злыми жабами глядят.
Царь Салтан гостей сажает
За свой стол и вопрошает:
«Ой вы, гости-господа,
Долго ль ездили? Куда?
Ладно ль за морем, иль худо,
И какое в свете чудо?»
Корабельщики в ответ:
«Мы объехали весь свет;
За морем житье не худо;
В свете ж вот какое чудо:
Остров на море лежит,
Град на острове стоит
С златоглавыми церквами,
С теремами да садами;
Ель растет перед дворцом,
А под ней хрустальный дом;
Белка там живет ручная,
Да затейница какая!
Белка песенки поет,
Да орешки всё грызет,

Nüsse, gar nicht zu bezahlen,
ganz von Golde sind die Schalen,
jeder Kern ist ein Smaragd.
Krieger, Diener halten Wacht.
Ein besondrer Schreiber muss
schriftlich zählen jede Nuss,
die es knackt, und von dem Heere
wird ihm kriegerische Ehre.

Aus den Schalen prägt man Geld
und verteilt es in der Welt.
Mit den bunten Edelsteinen
füllt man Kisten dort und Scheunen.
Hütten gibt's dort nicht zu sehn,
weit und breit Paläste stehn,
in der Burg, auf goldnem Thron
herrscht der mächt'ge Fürst Gwidon,
der uns auftrug, als wir gingen,
seine Grüße dir zu bringen.«
Staunend sprach der mächt'ge Zar
zu den Schiffern: »Sprecht ihr wahr,
will ich, lässt mich Gott am Leben,
selbst zum Fürsten mich begeben.«
Weberin und Köchin sinnen,
zu verhindern das Beginnen
Zar Saltans, mit Barbariche
sinnen sie auf arge Schliche.
Spricht die Weberin zum Zar:
»Nun, was ist da wunderbar,
dass ein Eichhorn Nüsse nagt,
ganz von Gold und von Smaragd!
Ob auch wahr sei, was er spricht,
Wunderbares ist es nicht!
Ich will Dir ein Wunder sagen:
Hoch im Meer die Wellen schlagen,

А орешки не простые,
Всё скорлупки золотые,
Ядра — чистый изумруд;
Слуги белку стерегут,
Служат ей прислугой разной —
И приставлен дьяк приказный
Строгий счет орехам весть;
Отдает ей войско честь;
Из скорлупок льют монету,
Да пускают в ход по свету;
Девки сыплют изумруд
В кладовые, да под спуд;
Все в том острове богаты,
Изоб нет, везде палаты;
А сидит в нем князь Гвидон;
Он прислал тебе поклон».
Царь Салтан дивится чуду.
«Если только жив я буду,
Чудный остров навещу,
У Гвидона погощу».
А ткачиха с поварихой,
С сватьей бабой Бабарихой,
Не хотят его пустить
Чудный остров навестить.
Усмехнувшись исподтиха,
Говорит царю ткачиха:
«Что тут дивного? Ну, вот!
Белка камушки грызет,
Мечет золото и в груды
Загребает изумруды;
Этим нас не удивишь,
Правду ль, нет ли говоришь.
В свете есть иное диво:
Море вздуется бурливо,

brausen, zischen, stürmen, toben,
wälzen schäumend sich nach oben
auf den nackten, öden Strand,
überschwemmen rings das Land
Plötzlich, flammend wie Gewitter,
springen dreiunddreißig Ritter
aus der Flut, in blankem Stahl,
junge Riesen allzumal,
hochgemut, von stolzer Schöne,
auserwählte Heldensöhne,
ein gewalt'ger Reckenchor,
und es führt sie Tschernomor.
Solch ein Wunder lässt sich hören,
dass es wahr ist, will ich schwören.«
Und die Gäste schweigen still,
da sich niemand zanken will.
Zar Saltan erstaunte höchlich,
dass ein solches Wunder möglich;
doch die Fliege zornerpicht
in das Aug die Muhme sticht,
dass sie sich vor Schmerzen windet
und am linken Aug erblindet.
Diener, Base, Schwester sprangen
auf, das kleine Tier zu fangen:
»Warte nur, wir wollen dich!«
Doch Gwidon im Nu entwich
durch das Fenster, flog hinaus
übers blaue Meer nach Haus.

Und am Meeresstrande wieder
geht er spähend auf und nieder.
Siehe! Durch die dunklen Wogen
kommt der weiße Schwan gezogen:
»Sei gegrüßt, mein Fürst! Warum
wandelst du so trüb und stumm?

Закипит, подымет вой,
Хлынет на берег пустой,
Разольется в шумном беге,
И очутятся на бреге,
В чешуе, как жар горя,
Тридцать три богатыря,
Все красавцы удалые,
Великаны молодые,
Все равны, как на подбор,
С ними дядька Черномор.
Это диво, так уж диво,
Можно молвить справедливо!»
Гости умные молчат,
Спорить с нею не хотят.
Диву царь Салтан дивится,
А Гвидон-то злится, злится...
Зажужжал он и как раз
Тетке сел на левый глаз,
И ткачиха побледнела:
«Ай!» и тут же окривела;
Все кричат: «Лови, лови,
Да дави ее, дави...
Вот ужо! Постой немножко,
Погоди...» А князь в окошко,
Да спокойно в свой удел
Через море прилетел.

Князь у синя моря ходит,
С синя моря глаз не сводит;
Глядь — поверх текучих вод
Лебедь белая плывет.
«Здравствуй, князь ты мой прекрасный!
Что ты тих, как день ненастный?
Опечалился чему?» —

Sprich, was ist dir angetan?«
So den Fürsten fragt der Schwan.
Und der Fürst zur Antwort sagt:
»Höre, was mein Herz zernagt:
Eines großen Wunders gern
macht ich mich durch dich zum Herrn!«
»Willst du mir das Wunder sagen?«
»Hoch im Meer die Wellen schlagen,
brausen, zischen, stürmen, toben,
wälzen schäumend sich nach oben
auf den nackten, öden Strand,
überschwemmen rings das Land –
Plötzlich, flammend wie Gewitter,
springen dreiunddreißig Ritter
aus der Flut, in blankem Stahl,
junge Riesen allzumal,
hochgemut, von stolzer Schöne,
auserwählte Heldensöhne,
ein gewalt'ger Reckenchor,
und es führt sie Tschernomor.«
Und der Schwan zur Antwort sagt:
»Das ist alles, was dich plagt?
Jene Wundermär ist richtig,
doch dein Gram darob ist nichtig,
denn die Ritter alle sind
meine Brüder, und geschwind
kommen sie, wenn ich es will.
Geh nur heim und warte still.«

Ging der Fürst getröstet wieder
in sein Schloss. Vom Turme nieder
schaut er: Sieht das Meer sich bäumen,
übers nackte Ufer schäumen;
plötzlich, flammend wie Gewitter,
springen dreiunddreißig Ritter

Говорит она ему.
Князь Гвидон ей отвечает:
«Грусть-тоска меня съедает —
Диво б дивное хотел
Перенесть я в мой удел».
«А какое ж это диво?»
— Где-то вздуется бурливо
Окиян, подымет вой,
Хлынет на берег пустой,
Расплеснется в шумном беге,
И очутятся на бреге,
В чешуе, как жар горя,
Тридцать три богатыря,
Все красавцы молодые,
Великаны удалые,
Все равны, как на подбор,
С ними дядька Черномор.
Князю лебедь отвечает:
«Вот что, князь, тебя смущает?
Не тужи, душа моя,
Это чудо знаю я.
Эти витязи морские
Мне ведь братья все родные.
Не печалься же, ступай,
В гости братцев поджидай».

Князь пошел, забывши горе,
Сел на башню, и на море
Стал глядеть он; море вдруг
Всколыхалося вокруг,
Расплескалось в шумном беге
И оставило на бреге
Тридцать три богатыря;
В чешуе, как жар горя,

aus der Flut, in blankem Stahl,
junge Riesen allzumal;
paarweis zieht die stolze Schar.
Glänzend in schneeweißem Haar
schreitet Tschernomor voran,
führt sie zu der Stadt hinan.
Und vom Turm, auf schnellen Füßen,
seine Gäste zu begrüßen,
eilt Gwidon, das Volk ihm nach,
und der Führer also sprach:
»Auf Befehl des Schwans erschienen
sind wir, Fürst, um dir zu dienen,
deine stolze Stadt zu wahren
und zu schützen vor Gefahren.
Jeden Tag um diese Stunde
steigen wir vom Meeresgrunde
künftig auf an dieser Stelle
und umschreiten deine Wälle.
Lass uns nun zurück zum Meer,
denn die Erdenluft ist schwer,
drückt uns hart, sooft wir landen.«
Sprach's, und allesamt verschwanden.

Weht der Wind vom Meere her,
treibt ein Schifflein auf dem Meer,
das, die Segel ausgebreitet,
leicht und schnell die Flut durchgleitet.
Zu der steilen Insel schwimmt es,
seinen Lauf zum Hafen nimmt es.
Als der Schuss vom Wall erschallt,
macht das Schiff im Hafen halt;
ladet man die Schiffer alle
gastlich ein zur Fürstenhalle.
Als das reiche Mahl geendet,
sich der Fürst zum Schiffsherrn wendet:

Идут витязи четами,
И, блистая сединами,
Дядька впереди идет
И ко граду их ведет.
С башни князь Гвидон сбегает,
Дорогих гостей встречает;
Второпях народ бежит;
Дядька князю говорит:
«Лебедь нас к тебе послала
И наказом наказала
Славный город твой хранить
И дозором обходить.
Мы отныне ежеденно
Вместе будем непременно
У высоких стен твоих
Выходить из вод морских,
Так увидимся мы вскоре,
А теперь пора нам в море;
Тяжек воздух нам земли».
Все потом домой ушли.

Ветер по морю гуляет
И кораблик подгоняет;
Он бежит себе в волнах
На поднятых парусах
Мимо острова крутого,
Мимо города большого;
Пушки с пристани палят,
Кораблю пристать велят.
Пристают к заставе гости.
Князь Гвидон зовет их в гости,
Их и кормит и поит
И ответ держать велит:

Fragt nach Herkunft, Reiseziel,
tut noch andrer Fragen viel.
Und er hört zur Antwort sagen:
»Weit hat uns das Meer verschlagen,
haben alle Welt durchwandelt,
Silber, Gold und Stahl verhandelt;
jetzt zur Heimkehr ist es Zeit,
denn uns führt der Weg noch weit:
nach dem Inselland Bujan
in das Reich des Zarn Saltan ...«
Sprach der Fürst: »Ein guter Stern
führe euch, ihr lieben Herrn,
durch den weiten Ozean
zum berühmten Zar Saltan;
seid ihr glücklich heimgefahren,
grüßt von mir den mächt'gen Zaren!«

Schifften sich die Gäste ein.
Ging der Fürst zum Meer allein:
Siehe! Durch die blauen Wogen
kommt der weiße Schwan gezogen.

Spricht der Fürst: »Mich zieht mein Sinn
wiederum zur Ferne hin!«
Wieder ließ der Schwan die Wellen
an dem Fürsten hochauf schnellen,
der ins Meer bis übers Ohr kommt
und als Wespe dann hervorkommt.
Und die Wespe summt und streicht,
hat das Schifflein bald erreicht,
sucht in einer Spalte dort
einen sichern Zufluchtsort.

Lustig pfeift und weht der Wind,
und das Schifflein fliegt geschwind

«Чем вы, гости, торг ведете?
И куда теперь плывете?»
Корабельщики в ответ:
«Мы объехали весь свет;
Торговали мы булатом,
Чистым серебром и златом,
И теперь нам вышел срок;
А лежит нам путь далек,
Мимо острова Буяна,
В царство славного Салтана».
Говорит им князь тогда:
«Добрый путь вам, господа,
По морю по Окияну
К славному царю Салтану.
Да скажите ж: князь Гвидон
Шлет-де свой царю поклон».

Гости князю поклонились,
Вышли вон и в путь пустились.
К морю князь, а лебедь там
Уж гуляет по волнам.
Князь опять: душа-де просит...
Так и тянет и уносит...
И опять она его
Вмиг обрызгала всего.
Тут он очень уменьшился,
Шмелем князь оборотился,
Полетел и зажужжал;
Судно на море догнал,
Потихоньку опустился
На корму — и в щель забился.

Ветер весело шумит,
Судно весело бежит

nach dem Inselland Bujan,
nach dem Reich des Zarn Saltan.
Und das heiß ersehnte Land
taucht empor am Himmelsrand.
Schon am Ufer sind die Gäste,
Zar Saltan lädt sie zum Feste.
Und es fliegt die Wespe klein
ihnen nach ins Schloss hinein.
Auf dem goldnen Herrscherthrone
sitzt Saltan mit goldner Krone.
Finster seine Augen blitzen.
Weberin und Köchin sitzen
ihm zu Füßen, und als Dritte
Babariche in der Mitte.
Und vieräugig, wie sie waren,
sehn die dreie auf den Zaren,
der alsbald das Wort genommen:
»Liebe Gäste, seid willkommen!
Sagt mir doch, wo kommt ihr her?
Wart ihr lange auf dem Meer?
Und jenseits des Meers, wie war es,
saht ihr dort viel Wunderbares?«

Solche Antwort ward dem Zaren:
»Haben alle Welt umfahren,
jenseits auch der Meeresflut
ist es schön und lebt sich's gut.
Doch das größte Wunder sahn
wir im blauen Ozean:
Eine Insel steigt dort auf,
eine Stadt dehnt sich darauf;
Meereswellen stürmen, toben,
wälzen schäumend sich nach oben
auf den nackten, öden Strand,
überschwemmen rings das Land –

Мимо острова Буяна,
В царство славного Салтана,
И желанная страна
Вот уж издали видна.
Вот на берег вышли гости.
Царь Салтан зовет их в гости,
И за ними во дворец
Полетел наш удалец.
Видит, весь сияя в злате,
Царь Салтан сидит в палате
На престоле и в венце,
С грустной думой на лице.
А ткачиха с поварихой,
С сватьей бабой Бабарихой,
Около царя сидят —
Четырьмя все три глядят.
Царь Салтан гостей сажает
За свой стол и вопрошает:
«Ой вы, гости-господа,
Долго ль ездили? Куда?
Ладно ль за морем иль худо?
И какое в свете чудо?»
Корабельщики в ответ:
«Мы объехали весь свет;
За морем житье не худо;
В свете ж вот какое чудо:
Остров на море лежит,
Град на острове стоит,
Каждый день идет там диво:
Море вздуется бурливо,
Закипит, подымет вой,
Хлынет на берег пустой,

Plötzlich, flammend wie Gewitter,
springen dreiunddreißig Ritter
aus der Flut, in blankem Stahl,
junge Riesen allzumal,
hochgemut, von stolzer Schöne,
auserwählte Heldensöhne,
ein gewalt'ger Reckenchor,
und es führt sie Tschernomor.
Täglich zu bestimmter Stunde
steigen sie vom Meeresgrunde
auf, die stolze Stadt zu wahren
und zu schützen vor Gefahren.
Keine Wächterschar gleicht diesen
auserkornen Heldenriesen.
In der Stadt auf goldnem Thron
herrscht der mächt'ge Fürst Gwidon,
der uns auftrug, als wir gingen,
seine Grüße dir zu bringen.«
Staunend sprach der mächt'ge Zar
zu den Schiffern: »Ist das wahr,
will ich, lässt mich Gott am Leben,
mich zum Fürsten selbst begeben.«
Weberin und Köchin wagen
dieses Mal kein Wort zu sagen.
Mit verschmitztem Angesicht
lächelnd Babariche spricht:
»Ob es falsch ist oder wahr,
doch was ist da wunderbar,
dass in Waffen und in Wehre
Menschen steigen aus dem Meere,
besser als von solchen Helden
will ich dir ein Wunder melden:
Lebt ein Zarentöchterlein
überm Meer, so schön und fein,

Расплеснется в скором беге —
И останутся на бреге
Тридцать три богатыря,
В чешуе златой горя,
Все красавцы молодые,
Великаны удалые,
Все равны, как на подбор;
Старый дядька Черномор
С ними из моря выходит
И попарно их выводит,
Чтобы остров тот хранить
И дозором обходить —
И той стражи нет надежней,
Ни храбрее, ни прилежней.
А сидит там князь Гвидон;
Он прислал тебе поклон».
Царь Салтан дивится чуду.
«Коли жив я только буду,
Чудный остров навещу
И у князя погощу».
Повариха и ткачиха
Ни гугу — но Бабариха
Усмехнувшись говорит:
«Кто нас этим удивит?
Люди из моря выходят
И себе дозором бродят!
Правду ль бают, или лгут,
Дива я не вижу тут.
В свете есть такие ль дива?
Вот идет молва правдива:
За морем царевна есть,
Что не можно глаз отвесть:

dass sie tags das Licht verdunkelt,
nächtens wie die Sonne funkelt,
glänzt ein Mond in ihrem Haar,
auf der Stirn ein Sternklein klar.
Majestätisch ist die Frau,
schreitet stolz, gleich einem Pfau,
und ihr Stimmchen klingt so hell
wie im Wald ein Rieselquell.
Solche Wundermär wie meine
gibt es sonst auf Erden keine!«
Und die Gäste schweigen still,
da sich niemand zanken will.
Zar Saltan erstaunte höchlich,
dass ein solches Wunder möglich.
Fürst Gwidon war ungehalten,
doch es jammert ihn der Alten;
mit Gebrumm und mit Gesumm
fliegt er lang um sie herum,
fliegt ihr mitten auf die Nase,
sticht sie – eine große Blase
schwoll empor –, und alles schrie:
»Fangt die Wespe, tötet sie!
Warte du, wir wollen dich!«
Doch Gwidon im Nu entwich
durch das Fenster, flog hinaus
übers blaue Meer nach Haus.

Und am Meeresstrande wieder
geht er spähend auf und nieder:
Siehe! Durch die dunklen Wogen
kommt der weiße Schwan gezogen:
»Sei gegrüßt, mein Fürst! Warum
wandelst du so trüb und stumm?

Днем свет божий затмевает,
Ночью землю освещает,
Месяц под косой блестит,
А во лбу звезда горит.
А сама-то величава,
Выплывает, будто пава;
А как речь-то говорит,
Словно реченька журчит.
Молвить можно справедливо,
Это диво, так уж диво».
Гости умные молчат:
Спорить с бабой не хотят.
Чуду царь Салтан дивится —
А царевич хоть и злится,
Но жалеет он очей
Старой бабушки своей:
Он над ней жужжит, кружится —
Прямо на нос к ней садится,
Нос ужалил богатырь:
На носу вскочил волдырь.
И опять пошла тревога:
«Помогите, ради бога!
Караул! Лови, лови,
Да дави его, дави...
Вот ужо! Пожди немножко,
Погоди!..» А шмель в окошко,
Да спокойно в свой удел
Через море полетел.

Князь у синя моря ходит,
С синя моря глаз не сводит;
Глядь — поверх текучих вод
Лебедь белая плывет.
«Здравствуй, князь ты мой прекрасный!

Sprich, was ist dir angetan?«
So den Fürsten fragt der Schwan.
Und der Fürst zur Antwort sagt:
»Höre, was mein Herz zernagt:
Alle Menschen frein, ich sehe,
dass nur ich noch ledig gehe ...«
»Wen hast du dir denn erkoren?«
fragt der Schwan. – »Mir kam zu Ohren,
dass ein Zarentöchterlein
lebt, so wunderschön und fein,
dass sie tags das Licht verdunkelt,
nächtens wie die Sonne funkelt,
glänzt ein Mond in ihrem Haar,
auf der Stirn ein Sternlein klar,
majestätisch ist die Frau,
schreitet stolz, gleich einem Pfau,
und ihr Stimmchen tönt so hell
wie im Wald ein Rieselquell.
Aber ist es wahr auch, sage?«
Voller Angst stellt er die Frage.
Sinnend schweigt der weiße Schwan,
und dann hebt er also an :
»Ehestand hat schwere Pflicht,
eine Gattin kann man nicht
von der Hand wie Handschuh streifen
und nach einer andern greifen.
Drum erwäg es erst vernünftig,
dass du nichts bereuest künftig.«
»Möge Gott mein Zeuge sein,
dass es Zeit für mich, zu frein«,
sprach der Fürst. »Schon Rat gepflogen
hab ich, alles wohl erwogen,

Что ж ты тих, как день ненастный?
Опечалился чему?» —
Говорит она ему.
Князь Гвидон ей отвечает:
«Грусть-тоска меня съедает:
Люди женятся; гляжу,
Неженат лишь я хожу».
— А кого же на примете
Ты имеешь? — «Да на свете,
Говорят, царевна есть,
Что не можно глаз отвесть.
Днем свет божий затмевает,
Ночью землю освещает —
Месяц под косой блестит,
А во лбу звезда горит.
А сама-то величава,
Выступает, будто пава;
Сладку речь-то говорит,
Будто реченька журчит.
Только, полно, правда ль это?»
Князь со страхом ждет ответа.
Лебедь белая молчит
И, подумав, говорит:
«Да! такая есть девица.
Но жена не рукавица:
С белой ручки не стряхнешь,
Да за пояс не заткнешь.
Услужу тебе советом —
Слушай: обо всем об этом
Пораздумай ты путем,
Не раскаяться б потом».
Князь пред нею стал божиться,
Что пора ему жениться,
Что об этом обо всем

und so stark treibt mich mein Sinn
zu der Zarentochter hin:
Sie zu sehn, zu Fuße gerne
ging' ich bis zur weitsten Ferne!«
Seufzt der Schwan tief auf und spricht:
»Weit zu gehen brauchst du nicht,
sieh, dein Schicksal ist dir nah,
bin die Zarentochter ja!«
Sprach's und schwang sich aus den Wogen,
kam zum Uferland geflogen,
ins Gebüsch sank er geschwind
und erschien als Zarenkind.
Glänzt ein Mond in ihrem Haar,
an der Stirn ein Sternlein klar,
majestätisch ist die Frau,
stolz geht sie, gleich wie ein Pfau,
und ihr Stimmchen klingt so hell
wie im Wald ein Rieselquell.
Fürst Gwidon in Wonne schaut
seine königliche Braut,
küsst sie, und mit frohem Sinn
führt er sie zur Mutter hin,
der zu Füßen sinkt der Sohn,
spricht in flehentlichem Ton:
»Mütterchen, der Wunsch mich quälte,
dass ich mir ein Weib erwählte,
diese hab ich nun geminnt
mir zum Weib und dir zum Kind.
Liebend kam sie mir entgegen,
und nichts fehlt uns als dein Segen!«

Передумал он путем;
Что готов душою страстной
За царевною прекрасной
Он пешком идти отсель
Хоть за тридевять земель.
Лебедь тут, вздохнув глубоко,
Молвила: «Зачем далёко?
Знай, близка судьба твоя,
Ведь царевна эта — я».
Тут она, взмахнув крылами,
Полетела над волнами
И на берег с высоты
Опустилася в кусты,
Встрепенулась, отряхнулась
И царевной обернулась:
Месяц под косой блестит,
А во лбу звезда горит;
А сама-то величава,
Выступает, будто пава;
А как речь-то говорит,
Словно реченька журчит.
Князь царевну обнимает,
К белой груди прижимает
И ведет ее скорей
К милой матушки своей.
Князь ей в ноги, умоляя:
«Государыня-родная!
Выбрал я жену себе,
Дочь послушную тебе,
Просим оба разрешенья,
Твоего благословенья:
Ты детей благослови
Жить в совете и любви».

Und gerührt die Mutter stand,
nahm ein Heil'genbild zur Hand,
ein geweihtes, wunderbares,
hielt es übers Haupt des Paares,
weinte, schluchzte laut vor Freude,
segnete die Kinder beide.
Was in Liebe sich gefunden,
ward in Liebe bald verbunden.
Und sie lebten wohlgemut,
wartend auf die junge Brut.

Weht ein Wind vom Meere her,
treibt ein Schifflein auf dem Meer,
das, die Segel ausgebreitet,
leicht und schnell die Flut durchgleitet,
zu der steilen Insel schwimmt es,
seinen Lauf zum Hafen nimmt es.
Als der Schuss vom Wall erschallt,
macht das Schiff im Hafen halt.
Ladet man die Schiffer alle
gastlich ein zur Fürstenhalle,
Als das reiche Mahl geendet,
sich der Fürst zum Schiffsherrn wendet:
Fragt nach Herkunft, Reiseziel,
stellt noch andrer Fragen viel.
Und er hört zur Antwort sagen:
»Weit hat uns das Meer verschlagen.
Haben alle Welt durchfahren,
handeln mit verbotnen Waren.
Jetzt zur Heimkehr ist es Zeit,
denn uns führt der Weg noch weit:
nach dem Inselland Bujan
in das Reich des Zarn Saltan.«
Sprach der Fürst: »Ein guter Stern
führe euch, ihr lieben Herrn,

Над главою их покорной
Мать с иконой чудотворной
Слезы льет и говорит:
«Бог вас, дети, наградит».
Князь не долго собирался,
На царевне обвенчался;
Стали жить да поживать,
Да приплода поджидать.

Ветер по морю гуляет
И кораблик подгоняет;
Он бежит себе в волнах
На раздутых парусах
Мимо острова крутого,
Мимо города большого;
Пушки с пристани палят,
Кораблю пристать велят.
Пристают к заставе гости.
Князь Гвидон зовет их в гости,
Он их кормит и поит
И ответ держать велит:
«Чем вы, гости, торг ведете
И куда теперь плывете?»
Корабельщики в ответ:
«Мы объехали весь свет,
Торговали мы недаром
Неуказанным товаром;
А лежит нам путь далек:
Восвояси на восток,
Мимо острова Буяна,
В царство славного Салтана».
Князь им вымолвил тогда:
«Добрый путь вам, господа,

durch den weiten Ozean
zum berühmten Zarn Saltan!
Seid ihr glücklich heimgefahren,
grüßt von mir den mächt'gen Zaren,
und erinnert ihn, zu kommen,
wie er oft sich vorgenommen.«
Und das Schifflein zog hinaus.
Doch der Fürst blieb heut zu Haus.

Lustig pfeift und weht der Wind,
und das Schifflein fliegt geschwind
nach dem Inselland Bujan,
nach dem Reich des Zarn Saltan.
Und das heiß ersehnte Land
taucht empor am Himmelsrand.
Schon am Ufer sind die Gäste,
Zar Saltan lädt sie zum Feste.
Auf dem goldnen Herrscherthrone
sitzt Saltan mit goldner Krone.
Finster seine Augen blitzen.
Weberin und Köchin sitzen
ihm zu Füßen, und als Dritte
Babariche in der Mitte.
Und vieräugig, wie sie waren,
sahn die dreie auf zum Zaren,
der alsbald das Wort genommen:
»Liebe Gäste, seid willkommen!
Sagt mir doch, wo kommt ihr her?
Wart ihr lange auf dem Meer?
Und jenseits des Meers, wie war es,
saht ihr dort viel Wunderbares?«
Solche Antwort ward dem Zaren:
»Haben alle Welt umfahren,
jenseits auch der Meeresflut
Ist es schön und lebt sich's gut;

По морю по Окияну
К славному царю Салтану;
Да напомните ему,
Государю своему:
К нам он в гости обещался,
А доселе не собрался —
Шлю ему я свой поклон».
Гости в путь, а князь Гвидон
Дома на сей раз остался
И с женою не расстался.

Ветер весело шумит,
Судно весело бежит
Мимо острова Буяна
К царству славного Салтана,
И знакомая страна
Вот уж издали видна.
Вот на берег вышли гости.
Царь Салтан зовет их в гости.
Гости видят: во дворце
Царь сидит в своем венце,
А ткачиха с поварихой,
С сватьей бабой Бабарихой,
Около царя сидят,
Четырьмя все три глядят.
Царь Салтан гостей сажает
За свой стол и вопрошает:
«Ой вы, гости-господа,
Долго ль ездили? Куда?
Ладно ль за морем, иль худо?
И какое в свете чудо?»
Корабельщики в ответ:
«Мы объехали весь свет;
За морем житье не худо,

doch die größten Wunder sahn
wir im blauen Ozean:
Eine Insel steigt dort auf,
eine Stadt dehnt sich darauf,
stolz gebaut mit Türmen, Zinnen,
goldne Kuppeln blitzen drinnen.
Vor dem Schloss auf weitem Raum
steht ein hoher Tannenbaum;
im kristallnen Häuschen drunter
sitzt ein Eichhorn zahm und munter,
und dies Eichhorn singt und knackt
Nüsse zu des Liedchens Takt,
Nüsse, gar nicht zu bezahlen,
ganz von Golde sind die Schalen,
jeder Kern ist ein Smaragd;
treulich wird das Tier bewacht.
Noch von Wundern kann ich sagen:
Hoch im Meer die Wellen schlagen,
brausen, zischen, stürmen, toben,
wälzen schäumend sich nach oben
auf den nackten, öden Strand,
überschwemmen rings das Land –
Plötzlich, flammend wie Gewitter,
springen dreiunddreißig Ritter
aus der Flut, in blankem Stahl,
junge Riesen allzumal,
hochgemut, von stolzer Schöne,
auserwählte Heldensöhne,
ein gewalt'ger Reckenchor,
und es führt sie Tschernornor.
Keine Kriegerschar gleicht diesen
auserkornen Heldenriesen!
Und der Herrscher jener Stadt
solch ein schönes Frauchen hat,

В свете ж вот какое чудо:
Остров на море лежит,
Град на острове стоит,
С златоглавыми церквами,
С теремами и садами;
Ель растет перед дворцом,
А под ней хрустальный дом;
Белка в нем живет ручная,
Да чудесница какая!
Белка песенки поет
Да орешки всё грызет;
А орешки не простые,
Скорлупы-то золотые,
Ядра — чистый изумруд;
Белку холят, берегут.
Там еще другое диво:
Море вздуется бурливо,
Закипит, подымет вой,
Хлынет на берег пустой,
Расплеснется в скором беге,
И очутятся на бреге,
В чешуе, как жар горя,
Тридцать три богатыря,
Все красавцы удалые,
Великаны молодые,
Все равны, как на подбор —
С ними дядька Черномор.
И той стражи нет надежней,
Ни храбрее, ни прилежней.
А у князя женка есть,
Что не можно глаз отвесть:

dass sie tags das Licht verdunkelt,
nächtens wie die Sonne funkelt,
glänzt ein Mond in ihrem Haar,
an der Stirn ein Sternlein klar.
In dem goldenen Palaste
lud uns Fürst Gwidon zu Gaste
und befahl uns, als wir gingen,
seine Grüße dir zu bringen,
dich zu mahnen, bald zu kommen,
wie du oft dir vorgenommen.«

Neu erwacht des Zars Gelüsten.
Eilig lässt er Schiffe rüsten.
Weberin und Köchin sinnen,
zu verhindern das Beginnen;
mit der Base Babariche
denken sie an neue Schliche –
doch Saltan will sie nicht hören:
»Wollt ihr mich schon wieder stören?
Bin ich Zar noch, bin ich Kind?
Rüstet euch zur Fahrt geschwind,
heut noch fahr ich.« Und er machte
so die Tür zu, dass es krachte.

Sitzt am Fenster Fürst Gwidon,
blickt in Schweigen lange schon
nieder auf das blaue Meer.
Trübt kein Sturm die Fläche mehr,
und es späht der Fürst und sieht,
fern dort eine Flotte zieht –
durch den blauen Ozean
schwimmt das Schiff des Zarn Saltan.
Fürst Gwidon mit einem Satze
springt in Freuden auf vom Platze,
springt hinunter von den Stufen,

Днем свет божий затмевает,
Ночью землю освещает;
Месяц под косой блестит,
А во лбу звезда горит.
Князь Гвидон тот город правит,
Всяк его усердно славит;
Он прислал тебе поклон,
Да тебе пеняет он:
К нам-де в гости обещался,
А доселе не собрался».

Тут уж царь не утерпел,
Снарядить он флот велел.
А ткачиха с поварихой,
С сватьей бабой Бабарихой,
Не хотят царя пустить
Чудный остров навестить.
Но Салтан им не внимает
И как раз их унимает:
«Что я? царь или дитя? —
Говорит он не шутя: —
Нынче ж еду!» — Тут он топнул,
Вышел вон и дверью хлопнул.

Под окном Гвидон сидит,
Молча на море глядит:
Не шумит оно, не хлещет,
Лишь едва, едва трепещет,
И в лазоревой дали
Показались корабли:
По равнинам Окияна
Едет флот царя Салтана.
Князь Гвидон тогда вскочил,

Mutter und Gemahl zu rufen:
»Seht des Vaters Schiff, dort schwimmt es!
Seinen Weg zum Hafen nimmt es!«
Kommt der Stadt die Flotte nah.
Fürst Gwidon durchs Fernrohr sah –
sieht er seinen Vater stehn,
vom Verdeck durchs Fernrohr sehn.
Auch das böse Schwesternpaar
und die Base mit ihm war.
Alle drei in Staunen stehen
und das fremde Land besehen.
Plötzlich von Kanonen dröhnt es,
und von Glockenläuten tönt es,
Fürst Gwidon kommt selbst gegangen,
um den Zaren zu empfangen
samt den Fraun, die ihn begleiten;
feierlichen Zuges schreiten
freudevollen Angesichts
sie zur Stadt – Gwidon sagt nichts.

Nach dem goldenen Palaste
führt er allesamt zu Gaste;
sieh: Vor des Palastes Gitter
stehen dreiunddreißig Ritter,
riesenhaft von Wuchs, verwegen,
auserkorne stolze Degen,
ein gewalt'ger Reckenchor,
und es führt sie Tschernomor.
Kommt der Zar zum Hofesraum,
unterm hohen Tannenbaum
sitzt das Eichhorn, singt und knackt
Nüsse zu des Liedchens Takt.

Громогласно возопил:
«Матушка моя родная!
Ты, княгиня молодая!
Посмотрите вы туда:
Едет батюшка сюда».
Флот уж к острову подходит.
Князь Гвидон трубу наводит:
Царь на палубе стоит
И в трубу на них глядит;
С ним ткачиха с поварихой,
С сватьей бабой Бабарихой;
Удивляются оне
Незнакомой стороне.
Разом пушки запалили;
В колокольнях зазвонили;
К морю сам идет Гвидон;
Там царя встречает он
С поварихой и ткачихой,
С сватьей бабой Бабарихой;
В город он повел царя,
Ничего не говоря.

Все теперь идут в палаты:
У ворот блистают латы,
И стоят в глазах царя
Тридцать три богатыря,
Все красавцы молодые,
Великаны удалые,
Все равны, как на подбор,
С ними дядька Черномор.
Царь ступил на двор широкой:
Там под елкою высокой
Белка песенку поет,
Золотой орех грызет,

Goldne Nüsse, drin die Kerne
Edelsteine; nah und ferne
liegen auf dem Hof die Schalen
und von eitel Golde strahlen.
Aber starr die Gäste stehn,
wie sie jetzt die Fürstin sehn!
Glänzt ein Mond in ihrem Haar,
an der Stirn ein Sternlein klar,
stolz geht sie, gleich wie ein Pfau,
führt am Arme eine Frau ...
»Ist es Wahrheit, ist es Wahn!«
ruft in Staunen Zar Saltan,
als er seine Zarin sieht,
die er schluchzend an sich zieht.
Nun erkannt er auch Gwidon,
herzte, küsste seinen Sohn
und das schöne Weib nicht minder.
Fröhlich führten ihn die Kinder
nun zu Tische in den Saal –
hei, gab das ein frohes Mahl!
Doch die bösen Schwestern schlichen
sich hinweg mit Babarichen,
suchten schnell sich zu verstecken,
kaum noch kann man sie entdecken.
Und sie beichten voller Reue
ihre Untat nach der Reihe;
doch der Zar, der wohlgemut,
schickt sie heim mit Hab und Gut.
Der Tag verging, und halb betrunken
ist Saltan ins Bett gesunken ...
Ich war dort, trank Met und Bier,
nass ward nur der Schnauzbart mir.

Изумрудец вынимает
И в мешечек опускает;
И засеян двор большой
Золотою скорлупой.
Гости дале — торопливо
Смотрят — что ж? Княгиня — диво:
Под косой луна блестит,
А во лбу звезда горит;
А сама-то величава,
Выступает, будто пава,
И свекровь свою ведет.
Царь глядит — и узнает...
В нем взыграло ретивое!
«Что я вижу? Что такое?
Как!» — и дух в нем занялся...
Царь слезами залился,
Обнимает он царицу,
И сынка, и молодицу,
И садятся все за стол;
И веселый пир пошел.
А ткачиха с поварихой,
С сватьей бабой Бабарихой,
Разбежались по углам;
Их нашли насилу там.
Тут во всем они признались,
Повинились, разрыдались;
Царь для радости такой
Отпустил всех трех домой.
День прошел — царя Салтана
Уложили спать вполпьяна.
Я там был; мед, пиво пил —
И усы лишь обмочил.